gatos detectives

Primera edición: noviembre de 2014

Maquetación: Endora disseny
Textos de Alessandro Gatti y Davide Morosinotto
Ilustraciones de Stefano Turconi

Título original italiano: *Chi ha incastrato Jean Moustache?*
Título original de la serie: *Misteri coi baffi*
Edición original publicada por Edizioni Piemme S.p.A.
Editorial project by Atlantyca Dreamfarm S.r.l., Milano

Edición: Marcelo E. Mazzanti
Coordinación editorial: Anna Pérez i Mir
Dirección editorial: Iolanda Batallé Prats

© 2014 Atlantyca Dreamfarm s.r.l., Itàlia
© 2014 Andrés Prieto por la traducción

International Rights © Atlantyca S.p.A., via Leopardi 8 - 20123 Milán - Italia
foreignrights@atlantyca.it - www.atlantyca.com

Todos los nombres y caracteres de este libro son propiedad de Atlantyca Dreamfarm
s.r.l. en su versión original. La traducción o adaptación de los nombres también son
propiedad de Atlantyca S.p.A. Todos los derechos reservados.

La Galera, SAU Editorial
Josep Pla, 95 – 08019 Barcelona
www.editorial-lagalera.com   lagalera@galeraeditorial.com
facebook.com/editoriallagalera   twitter.com/editorialgalera

Impreso en Liberdúplex
Pol. ind. Torrentfondo
08791. Sant Llorenç d'Hortons

Depósito legal: B-18.019-2014
Impreso en la UE
ISBN: 978-84-246-5236-4

Alessandro Gatti
Davide Morosinotto

¿QUIÉN HA ENGAÑADO A JEAN MOUSTACHE?

Ilustraciones de
Stefano Turconi

Traducción de Andrés Prieto

laGalera

Mister Moonlight

Es el jefe de los gatos detectives. Astuto y audaz, ¡tiene una intuición excepcional!

Josephine

Elegante y sofisticada, enamora a todos los gatos de París.

Ponpon

El pequeño del grupo.
Es tozudo y algo torpe,
¡siempre se mete
en líos!

Dodó el Marsellés

Es un gato vagabundo,
sarnoso y pícaro, que
conoce todos los secretos
de los bajos fondos.

Olivier Bonnet

Artista y soñador, es el
«amolimentador» de Mister
Moonlight. No es tan
espabilado como su gato
pero es amable y generoso
con los felinos de la ciudad

Luc Raté

Es un ratón de campo pequeño
y achaparrado. Educado y
servicial, es el ayudante oficial
de Mister Moonlight.

Tenardier

Fugado del zoo cuando
todavía era una cría, es el rey
de las alcantarillas de la ciudad.
¡Lo sabe todo el mundo!

Inspector Rampier

Conocido en todo París,
tiene un par de bigotillos
que se le erizan cada vez
que ve un gato. Es huraño
y gruñón, ¡y siempre se equivoca
al resolver sus casos!

Cauchemar

El bulldog de Rampier.
Es muy grande, pero
en realidad es bastante
cretino. ¡Está dispuesto
a hacer lo que sea para
capturar a los gatos
detectives!

Gatomas

El gato ladrón más famoso
de París. ¡Es tan astuto,
ágil y listo que es imposible
atraparlo!

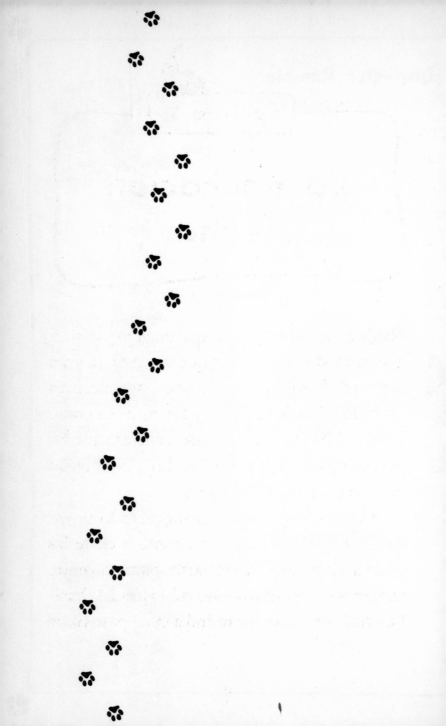

Capítulo 1

La educación felina

Nadie conoce París mejor que un gato parisino. Y entre todos los felinos que viven en la gran capital de Francia, ninguno se conocía tan bien las callejuelas, los tejados y las cornisas como Dodó el Marsellés: un gato callejero medio pelado y flaco como una sardina, pero quizá por eso siempre ágil y ligero.

Aún era muy pronto cuando Dodó se escurrió silencioso como una sombra entre las casas del barrio de Montmartre. Saltando entre ventanas y balcones, el gato subió hasta la basílica del Sacre Coeur, caminó a buen paso hasta

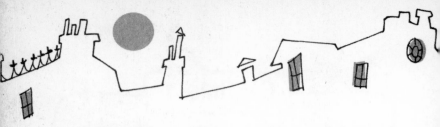

una callejuela tranquila y se detuvo delante de la puerta de un restaurante de aspecto lujoso.

El rótulo que colgaba delante de la puerta, escrito con unas elegantes letras doradas, ponía LA CLEF D'OR.

A aquella hora, el local todavía no había abierto sus puertas, pero eso no suponía ningún obstáculo para un gato astuto como Dodó. El minino se fue a la parte trasera del edificio y arrimó el hocico contra la puerta de servicio de la cocina: sabía que la cerradura era un poco defectuosa, y, efectivamente, un momento después la puerta se abrió con un leve clic, y el gato se coló en el interior a escondidas.

De repente, su sensible olfato felino se sintió atraído por un delicioso aroma de salchichas, que se columpiaban colgadas sobre un pequeño fogón apagado entre ristras de ajos, botes de especias y manojos de hierbas aromáticas.

El gato ya se había erguido sobre sus escuálidas patas y estaba a punto de lanzarse sobre su desayuno cuando oyó un débil maullido detrás de él:

—¡Dodó! ¿Qué haces aquí?

Un gatito de pelo atigrado surgió de detrás de un mueble de la cocina. Se frotó el hocico con las patas y soltó un poderoso estornudo:

—¡Aaachííís!

—¡Salud, Ponpon! —maulló Dodó, que era un gato callejero educado, e inmediatamente añadió—: Yo, ejem, había venido a... a visitarte, ¡eso mismo!

El gatito se enroscó en el suelo:

—Ah, ¿sí, de verdad? ¿Querías visitarme a *mí*... o quizá a las salchichas frescas de mi amolimentador? ¡Ya sabes que esas salchichas no se tocan! Sino, ¿qué le servirá al embajador de Inglaterra a la hora de comer?

El amo de Ponpon era, en efecto, el famoso chef de La Clef d'Or, y su cocina estaba repleta de alimentos deliciosos de toda clase.

Ponpon se acercó a su amigo vagabundo y arrugó el hocico:

—A juzgar por cómo hueles, vienes directamente del mercado de pescado. ¡Ya me imagino lo lleno que debes de haberte quedado de todo lo que has comido allí!

Dodó tosió, incómodo. Sí, había estado en el mercado, pero Felouche el Bizco y su banda de pelagatos habían llegado antes que él y se habían llevado los bocados más sabrosos. Por eso el Marsellés se había metido en el restaurante, esperando poder birlar algo de manduca sin que nadie le molestase...

—¡No digas tonterías! —gruñó—. Había venido para... en fin... ¡para invitarte a comer!

—¿A comer? —repitió Ponpon—. ¡Pero si ya

sabes que vivo en un restaurante! Aquí tengo toda la comida que quiero.

Dodó rio por lo bajo con un aire de felino de mundo:

—Los gatos tienen siete vidas y los restaurantes solo una, chiquillo. ¡Nunca olvides esto! No siempre habrá un chef dispuesto a servirte un platito de comida, y por eso ha llegado el momento de enseñarte algo de educación felina. ¡Tienes que aprender a apañártelas solito!

—Si tú lo dices... —dijo Ponpon encogiéndose de hombros.

El gato vagabundo sacó las zarpas y se las miró con indiferencia:

—Dime... ¿No será que tienes miedo?

—¡¿Tengo cara de miedo?! —resopló Ponpon con un punto de insolencia—. Venga, ¿por dónde empezamos?

Dodó asintió con aprobación.

—¡Sígueme!

Los dos felinos salieron de la cocina y de un salto desaparecieron por las callejuelas. Dodó estaba contento de haber encontrado compañía: ir de cacería en solitario era muy aburrido... Ahora, sin embargo, tenía que conseguir comida para dos (porque Ponpon, aunque era pequeño, comía como un tigre de Bengala). ¿Adónde podía ir?

—¡Ya lo tengo! —maulló de repente—. ¡A la cárcel!

—¿Y qué es una cárcel? —preguntó Ponpon, caminando a buen paso a su lado.

—Es como una jaula para gatos —explicó Dodó—, pero, en vez de meter felinos, ponen humanos.

—¿Y por qué los humanos tienen que capturar a otros humanos y meterlos en jaulas?

Dodó, perplejo, meneó los bigotes. La verdad

es que no tenía ni idea. Así pues, se limitó a encogerse de hombros, como diciendo «no hay quien los entienda».

El cocinero de la cárcel de París se llamaba André Panchout, y era un hombretón rechoncho con unos dedos como longanizas. Era un señor muy amable y tenía debilidad por los gatos, a los que siempre ofrecía un bol lleno de suculentas sobras.

La cárcel de La Santé estaba en el barrio de Montparnasse, bastante lejos para llegar a pata. Dodó, no obstante, vio el carrito de un lechero que circulaba en la misma dirección y él y Ponpon lograron saltar encima.

En el interior, el astuto vagabundo levantó la tapadera de un bidón de leche y metió la cabeza. Cuando la sacó, tenía los bigotes blancos y chorreando.

–¡Mmm, deliciosa! –exclamó–. ¡Y en un

momento también menearemos los bigotes!

Debía de ser el día de suerte de Dodó, porque el lechero tenía que hacer el reparto precisamente en Montparnasse y, de esa manera, los gatos pudieron bajar cómodamente en una esquina cercana a la cárcel.

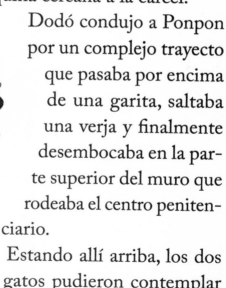

Dodó condujo a Ponpon por un complejo trayecto que pasaba por encima de una garita, saltaba una verja y finalmente desembocaba en la parte superior del muro que rodeaba el centro penitenciario.

Estando allí arriba, los dos gatos pudieron contemplar bien la cárcel, con sus

edificios de ladrillo rojo dispuestos en forma de estrella. Había torres de vigilancia en todas las esquinas, gruesos barrotes de hierro en las ventanas y policías de aire huraño apostados por todas partes.

–¡Qué lugar más horrible! –comentó Ponpon meneando la cola –. Y aquellos de allí, ¿por qué visten todos iguales?

En el patio que tenía justo debajo, un grupito de personas con traje a rayas blancas y negras caminaban en círculo, bajo la mirada atenta de dos vigilantes.

–Son los presos –explicó Dodó–. Es su hora al aire libre. Espera un momento... ¡Pero si a aquel lo conozco!

El gato callejero asomó el hocico para mirar hacia abajo.

Sí, sí, no podía equivocarse. Entre los presos destacaba un hombre ya mayor, con el pelo

blanco y una gran nariz de patata. Caminaba cabizbajo con los demás y tenía una expresión tan triste y desconsolada que hacía que el corazón se encogiera.

—¡Es el señor Jean Moustache! —exclamó Dodó.

—¿Moustache? —repitió Ponpon, confuso.

—¡Sí, es un viejo amigo mío! —continuó el Marsellés—. Trabaja como contable en una fábrica de caramelos. Es un simpático viejecito que cuando me ve siempre me da un trozo de pan o un poco de leche. ¿Cómo es posible que un hombre como él haya acabado en la cárcel? ¡El señor Moustache no le haría daño ni a una mosca!

Entonces un agudo silbido rasgó el aire: los policías dieron un paso adelante y ordenaron a los presos que volviesen a sus celdas. La hora de patio había acabado.

—Oh, oh —maulló Ponpon—. ¡Ya se van!

—Sí, y nosotros también —recalcó Dodó, decidido—. Acompáñame, pequeño. ¡Quiero sacar algo en claro de todo esto!

Capítulo 2

Una excursión al calabozo

Quizá nunca os hayáis dado cuenta de ello, pero es realmente difícil impedir que un gato pase escurriéndose por algún sitio. Porque los gatos son criaturas pequeñas y muy ágiles, se mueven en silencio y tienen un olfato infalible para encontrar pasajes escondidos y pasadizos secretos.

Así, incluso entrar en una cárcel de máxima seguridad como aquella de París fue pan comido para Dodó y Ponpon.

Primero, el Marsellés condujo a su joven colega a lo largo del muro, saltó al suelo y

aterrizó sobre un cubo de basura, y finalmente corrió hasta la puerta desportillada de la cocina. Allí se puso a maullar hasta que el cocinero, el gigantesco André Panchout en persona, les abrió la puerta.

–No se parece en nada a un chef como mi amolimentador... –comentó Ponpon, sorprendido.

Su amigo Pierre Paté era un cocinero esbelto y atlético, siempre impecable con su bata blanca y el gorro alto y abombado. André Panchout, en cambio, era un hombre grande, llevaba unos pantalones remendados, una vieja camiseta manchada de salsa y un delantal que debía de haberse lavado por última vez en la época de Napoleón.

La cocina de la cárcel también era muy diferente del restaurante de lujo donde vivía Ponpon: en el interior hedía terriblemente a col,

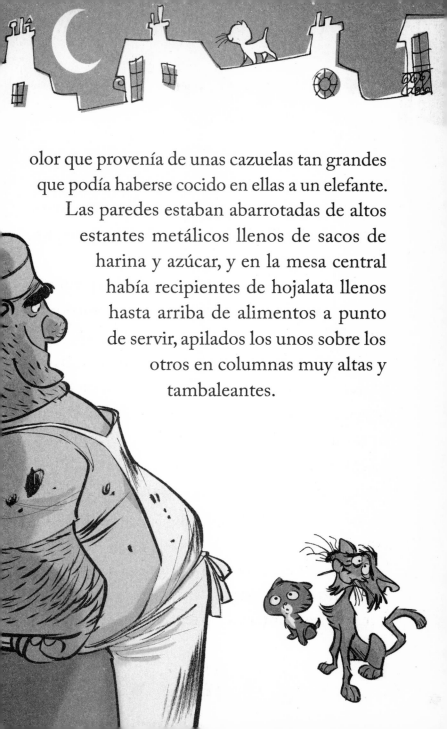

olor que provenía de unas cazuelas tan grandes que podía haberse cocido en ellas a un elefante. Las paredes estaban abarrotadas de altos estantes metálicos llenos de sacos de harina y azúcar, y en la mesa central había recipientes de hojalata llenos hasta arriba de alimentos a punto de servir, apilados los unos sobre los otros en columnas muy altas y tambaleantes.

—¡Por todos los estofados del Poitou! —exclamó Panchout con una sonrisa—. ¡Tenemos aquí ocho patas que quieren hacer ñam-ñam!

Dodó maulló y frotó la cabeza contra los gruesos muslos del cocinero.

—Tenéis hambre, ¿verdad? Ya lo sé... Pero tendréis que esperar: ahora le toca al primer turno de presos —explicó aquel hombretón volviendo la cabeza hacia sus cazuelas humeantes—. Cuando haya acabado, os traeré una buena manduca, ¿vale?

El estómago de Dodó se quejaba como un demonio, pero la verdad es que en aquel momento el gato no tenía ningunas ganas de comer. Antes que nada, ¡tenía que saber qué le había pasado al señor Moustache! Así, aprovechando una distracción del cocinero, él y Ponpon salieron a un pasillo que llevaba a la cocina, se metieron entre los barrotes de

la entrada (demasiado separados entre sí para bloquear un felino) y fueron superando escaleras, puertas y zapatos relucientes de guardias.

Después, para evitar que los humanos los detectasen, saltaron por una ventana y continuaron recorriendo la cornisa de la cárcel.

—¡Es por aquí! —constató Dodó—. Estas son las celdas. Ahora solo debemos encontrar la del señor Moustache...

Ponpon, mientras tanto, había metido la cabeza por una ventana baja y estrecha y maulló:

—¡Creo que está aquí!

Los dos mininos saltaron al interior. La celda era pequeña, con unas literas que ocupaban casi todo el espacio. En la cama de arriba se sentaba un joven preso muy musculoso, con las piernas colgando, que entrenaba sus bíceps llenos de tatuajes levantando un viejo tubo de hierro.

En cambio, en la cama de debajo, acurrucado con un libro entre las manos, estaba justamente el señor Moustache.

–¡Dodó! ¡Amigo mío! ¡¿Cómo has conseguido entrar aquí?!

El señor Moustache levantó al gato y se lo puso encima del brazo, con lágrimas en los ojos de la emoción. Ponpon tenía los ojos como platos, porque sabía que el Marsellés odiaba que los humanos le hiciesen carantoñas... Pero, esa vez, Dodó se quedó muy quieto, consolando al pobre Moustache.

–¡Oh, viejo amigo! –gimió el hombre–. ¡Por desgracia no te puedo ofrecer leche, ni tan siquiera un mendrugo de pan! ¡Mira dónde me han metido! ¡En la cárcel! ¡Como a un criminal! Yo, que durante treinta años he trabajado en la confitería Rolland, que he llevado sus cuentas y registros al día, que no he dejado de pagar

nunca ni un solo céntimo... ¡Ya ves cómo se me paga! ¡Me meten en la cárcel! ¡A mí, que soy inocente!

En aquel momento, desde la cama de arriba, el fornido joven dejó sus ejercicios y estalló en una grosera carcajada:

—¡Ja, ja, ja! ¡Esta sí que es buena!

El señor Moustache levantó la cabeza y se golpeó ruidosamente contra los muelles del colchón.

—¡¿Qué te hace reír tanto, Bernard?! —refunfuñó.

—Me río porque si hablas con los que están encerrados aquí, *todos* te dirán que son inocentes como los angelitos, víctimas de la mala suerte o de algún error del juez. ¡Claro, claro...!

—¡Pero yo soy inocente de verdad! —protestó el señor Moustache—. ¡No he robado nunca nada en mi vida, y aún menos vaciaría la caja

fuerte del señor Rolland! ¡Un hombre que me dio trabajo durante treinta años!

Bernard bajó de la litera de un salto y se acercó a Moustache. Era evidente que aquella cuestión le interesaba. O al menos lo distraía del aburrimiento mortal de la cárcel.

—Ah, ¿sí? —replicó—. ¡Yo oí decir que el dinero de la caja fuerte desapareció de verdad! ¡O sea que alguien debió de robarlo!

—¡Sí, pero no fui yo! Si aquel mamarracho del inspector Rampier me hubiese escuchado en vez de enviarme a la cárcel a las primeras de cambio...

Dodó y Ponpon irguieron las orejas. Los dos gatos, junto con sus amigos Mister Moonlight y Josephine, se habían cruzado a menudo en el camino del inspector Rampier y del cretino y baboso de su perro, Cauchemar. Y cada vez, los gatos detectives habían tenido que resolver

los casos más complejos de la ciudad para reparar los chapuceros errores de aquel memo con uniforme.

La cosa se ponía interesante.

—Ocurrió de la siguiente manera —explicó el señor Moustache en voz baja—: yo trabajaba

en la confitería desde el día en que se inauguró, hace casi treinta años. Y como siempre he sido un empleado modélico, el señor Rolland confiaba en mí. No es que el señor Rolland sea una persona fácil: es un hombre huraño y hay gente que dice que también es un avaro. Pero yo siempre me he encontrado bien allí…

Bernard resopló:

—¡Vale, vale, pero espabila! Si no, ¡acabaré durmiéndome!

—El señor Rolland tenía que hacer un breve viaje de trabajo —continuó Moustache—. Y, como a final de mes había que pagar los sueldos y todo lo demás, me confió a mí la combinación de la caja fuerte. Me la escribió en un papelito poco antes de marcharse y me dijo: «Te pido, Moustache, que vayas con mucho ojo», a lo que le contesté: «Pierda cuidado, señor…».

El preso Bernard estalló en risas:

–¿Y ese tonto de Rolland te entregó la combinación en mano?

–¡Pero yo no hice nada! –replicó Moustache, afligido–. Solo sé que aquella noche alguien vació la caja fuerte y, como la policía no encontró ningún signo de que hubiera sido forzada, ¡Rampier decidió que el culpable debía de ser yo!

–¡Ay, pobrecillo Moustache! –comentó Bernard con sorna–. ¡Por lo visto, el dinero desapareció por arte de magia!

El señor Moustache se puso serio.

–Sí, hombre, magia: alguien robó al señor Rolland y me cargó la culpa a mí. ¡Vaya, que me engañó a base de bien! ¡Y ahora no hay nadie, *nadie*, que pueda ayudar a un viejecito como yo!

El viejo contable estiró una mano para acariciar a Dodó y a Ponpon, que lo miraban desde los pies de la cama.

—¡Amigos míos, salid de esta madriguera! —los exhortó—. Id a pasear por fuera, caminad por las aceras, dormid en un banco en la ribera del Sena... En fin, ¡disfrutad de la libertad, vosotros que podéis!

Y, después de estas palabras, Moustache soltó un largo suspiro.

En efecto, era el momento de largarse de allí. Pero a Dodó y a Ponpon les bastó, con solo una mirada, para decidir que no darían ningún paseo junto al río. Por el contrario, tenían que ir corriendo a avisar a Moonlight y a Josephine para resolver aquel caso tan espinoso y demostrar la inocencia del pobre señor Moustache.

Capítulo 3

¡Gatos en acción!

—Arf, arf, ¿tú crees que el señor Moustache es inocente de verdad? —preguntó Ponpon resoplando, mientras corría junto a Dodó a toda velocidad por los grandes bulevares de París.

—¡Puedes apostar la cola si quieres! —confirmó el Marsellés, y luego se agarró con las uñas a un canalón y saltó sobre el alféizar de una ventana llena de macetas con flores.

—Pero el otro preso, el tal Bernard, ha dicho que todos los que están en la cárcel juran que son inocentes como angelitos y en cambio...

—¡Ese Bernard es un bribón de la cabeza a

los pies! El señor Moustache, en cambio, es... bien, alguien de quien puedes fiarte. ¡Me lo dice mi intuición felina!

El Marsellés y Ponpon saltaron sobre el techo de un tranvía eléctrico que pasaba chirriando justo debajo de ellos y, finalmente, pudieron descansar un poco mientras el vehículo los llevaba de vuelta a Montmartre.

Esa vez, el estómago de Dodó rugió, más que quejarse: aquella historia lo había afectado tanto que se había olvidado de pasar por la cocina de Panchout para conseguir algunas sobras.

El Marsellés suspiró. Saltarse las comidas, además, era un arte que todo gato callejero tenía que conocer.

—Te contaré algo, Ponpon —maulló después, para intentar distraerse—. ¿Conoces a Suzette? ¿Aquella gata atigrada con el pelo leonado a la que llaman «la Reina de los Bajos Fondos»?

Una bella minina con un genio de mil demonios...

Dodó rio socarrón, pensando en aquella gatita. Entonces se detuvo. Ponpon todavía era demasiado pequeño para algunas cosas.

—Sea como sea, un día en el mercado, el frutero empujó sin querer su carrito y le aplastó la patita a Suzette, que se hizo mucho daño. Aquel cruel individuo la dejó allí mismo sobre los adoquines, y a Suzette no le quedó más remedio que maullar para pedir ayuda. Hasta que por allí pasó... ¿no lo adivinas? Efectivamente, el señor Moustache, que cogió a Suzette, le vendó la patita y se la quedó hasta que se curó del todo. Y entonces, ¿sabes lo que hizo?

Ponpon, obviamente, no lo sabía.

—Le dio un último bol de leche y le abrió la puerta de su casa, y le dijo que sabía que ella era una gatita callejera y que, por tanto, quería

ser libre, sin amolimentadores a su alrededor. Pero que, si de vez en cuando quería visitarlo, él siempre la acogería con mucho gusto.

Dicho esto, Dodó aspiró por el hocico, conmovido.

—¿Qué estás haciendo ahora? ¿Estás llorando? —preguntó Ponpon incrédulo.

Dodó se apresuró a secarse los bigotes.

—¡Ejem! ¿Llorar, dices? ¡Solamente me ha entrado un poco de polvo en los ojos! En cualquier caso, espero que hayas entendido

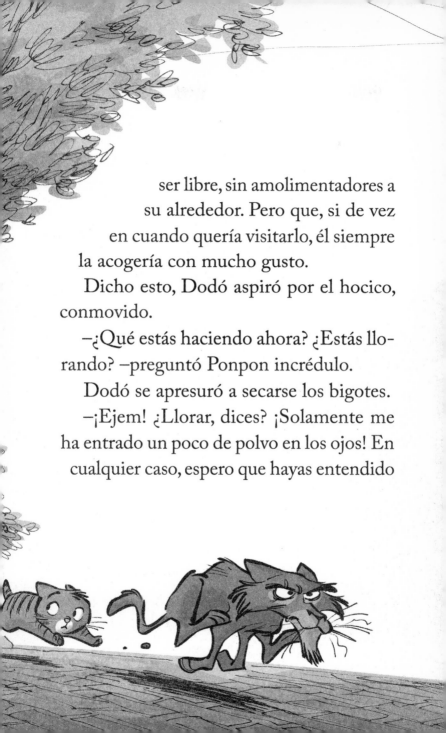

qué clase de persona es el señor Moustache. Un humano viejecito y honesto, ¡uno de los pocos que he conocido! No es una persona que se dedique a vaciar cajas fuertes. ¡Seguro que no se merece acabar en la cárcel!

Mientras tanto, el tranvía ya había entrado en el barrio de Montmartre. En la primera parada, Dodó y Ponpon saltaron del techo a la rama de un árbol, y de allí llegaron al suelo.

—La casa de Josephine está cerca de aquí —comentó Dodó—. Ponpon, ve a llamarla y cuéntale lo que ha pasado. Yo iré a avisar a Moonlight.

—¿Nos vemos en el refugio secreto? —preguntó el minino.

El Marsellés asintió.

—¡Como siempre! —maulló, y salió disparado.

Mister Moonlight vivía con su amoalimentador, el pintor Olivier Bonnet, en la última

planta de un destartalado edificio en el número 12 de la calle Victor Massé.

Cuando Dodó, tras saltar entre una cornisa y un canalón, llegó a la ventana del piso de Moonlight, se le erizó el pelo de repente.

En el alféizar de la ventana había, sí... ¡un ratón de campo! Una cosita rechoncha de color avellana, con el hocico pequeño y discreto, que llevaba una divertida pajarita de seda en el cuello.

Aquel ratón era Luc Raté, el asistente personal de Mister Moonlight. Pero en aquel momento, para Dodó, Raté solo era una cosa: un manjar delicioso.

Debéis saber que, contrariamente a lo que se suele pensar, los gatos no son enemigos de los ratones. Por el contrario, en general felinos y roedores se entienden bastante bien. Excepto si el felino en cuestión es un gato callejero con

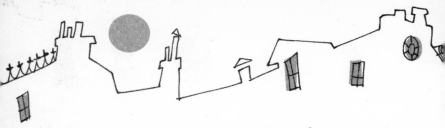

la panza vacía como Dodó y el roedor, un ratón gordezuelo y apetitoso como Luc Raté.

—¡Miau! —maulló Dodó, al que se le hacía la boca agua.

En un santiamén, empujó la ventana (que solo estaba entornada), saltó al interior del piso y se plantó delante del pobre Raté, que comenzó a temblar como una hoja.

Entonces el Marsellés cogió con su pata la cola del ratón y lo levantó a la altura de la cara, saboreando por anticipado la comilona que la esperaba. Hasta que...

—¡¡¡Dodó!!! —exclamó una voz de trueno—. ¡Deja ahora mismo a ese pobre roedor!

La voz que había hablado lo había hecho en maullés, la lengua de los gatos. Y, efectivamente, era la de Mister Moonlight, un gato estadounidense negro como la noche, excepto por tres divertidas manchas blancas: una en el extremo de la cola, la otra en una patita que parecía un guante de seda y la última en forma de luna llena rodeándole el ojo izquierdo.

Dodó lanzó una mirada apesadumbrada al ratón que colgaba de su pata, suspiró profundamente y dejó su presa en el suelo. Justo después de tocar el suelo, Luc Raté desapareció de la vista como un cohete.

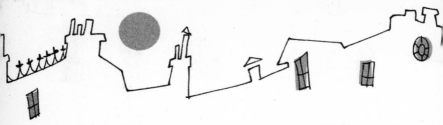

—Perdona, Moonlight —maulló Dodó—. Es que desde anoche no como nada...

—Te entiendo, pero eso no te da permiso para zamparte a mi pequeño amigo. ¡Pobre Raté, tardará bastante en salir de su madriguera! Pero en fin... Si tienes hambre, en esa lata hay un poco de atún que ha sobrado. ¿Qué me dices?

Como todos los gatos vagabundos, Dodó estaba acostumbrado a comer toda clase de sobras, desde espinas de pescado hasta leche caducada. Pero si había una cosa que le gustaba con pasión era justamente el atún en lata, bien chorreante de dorado aceite.

Moonlight acompañó a su amigo a la cocina y esperó a que acabase de comer. Justo después, los dos gatos salieron por la ventana y, tras trepar por un canalón completamente torcido, llegaron a los tejados, hasta una buhardilla escondida entre las chimeneas. Aquel era su

refugio secreto: un lugar tranquilo y protegido,
lleno de alfombras donde rascarse bien las uñas
y cojines viejos en los que apoltronarse.

–Entonces, Dodó –dijo Moonlight–, ahora
que ya has llenado la barriga, ¿quieres contarme
qué ha pasado? He visto que hoy tienes la cola
nerviosa...

–¡Gatáspita! –maulló Dodó–. He tenido un
mal día. Todo ha empezado cuando se me ha
ocurrido ir a La Clef d'Or a buscar algunas
salchichas... Pero entonces ha llegado Ponpon,
que me ha explicado ese asunto del embajador
de Inglaterra, y hemos ido a visitar al bona-
chón de Panchout, el cocinero de la cárcel,
para matar un poco el hambre... pero justo en
aquel momento he visto una buena pieza que es
amigo mío... quería decir, un amigo mío que ha
acabado en la cárcel... pero que es inocente y...

–¡Dodó! –lo interrumpió Moonlight–.

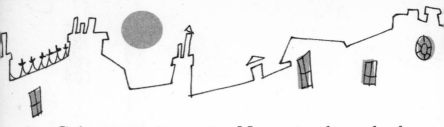

Cálmate, amigo mío. ¡No entiendo nada de lo que dices! —Se estiró para desperezarse y se repantigó sobre un cojín, porque intuyó que aquello iría para largo—. Explícamelo todo desde el principio y con un poco de orden, ¿vale?

El Marsellés asintió desolado. ¡Él era un minino callejero, y los discursos no eran precisamente su fuerte! Se acomodó sobre una alfombra y al final, después de un largo suspiro, volvió a contarlo todo desde un buen principio.

Al acabar, Mister Moonlight meneó sus largos bigotes.

—Qué historia tan desgraciada. Por lo que me cuentas, ¡todas las pruebas están en contra del pobre señor Moustache! Y si se ha metido por medio ese zoquete del inspector Rampier...

Un fuerte estrépito interrumpió el discurso de Moonlight. Se trataba del pequeño Ponpon, que, con su ímpetu de cachorro, acababa de

aparecer de golpe en el refugio medio rodando como una bola de pelo. Un momento después, con mucha más elegancia, llegó también Josephine, una gatita siamesa increíblemente atractiva y lista.

Además de un pelo reluciente y unas maneras distinguidas, la gata tenía otra característica: no aguantaba las injusticias.

—Ponpon ya me lo ha contado todo —maulló Josephine—. ¿Vamos?

—¿Adónde? —preguntó Moonlight.

—Bien, me parece evidente —respondió la minina—. A la confitería Rolland. Estoy segura de que el señor Moustache es inocente y nosotros lo demostraremos.

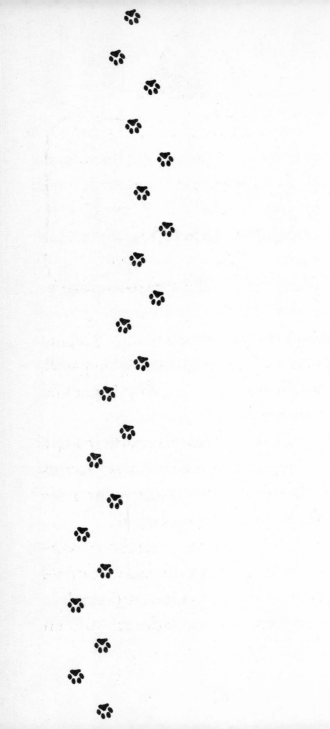

Capítulo 4

Ostras y langostas

La confitería y fábrica de caramelos Rolland era un edificio bajo y redondo como un pastel, con un tejado blanco como la nata y las paredes de un rosa antiguo.

Justo encima de la gran puerta de madera colgaba un rótulo decorado con lazos y lacitos de diversas formas y colores, que en grandes letras en cursiva decía: *Chez Rolland*.

—Qué lugar más extraño —maulló Moonlight, observando con desconfianza el rótulo—. ¡Todos esos lacitos me producen urticaria!

—Yo los encuentro encantadores —dijo en

cambio Josephine–. ¿Seguro que este es el lugar que buscamos?

–El hombre del traje de rayas blancas y negras dijo «confitería Rolland» –recordó el pequeño Ponpon.

–Y yo he visto a menudo al señor Moustache saliendo de aquí –añadió Dodó–. Diría, entonces, que no hay duda.

El Marsellés irguió la cola y con dos saltitos felinos cruzó la calle, directo hacia la confitería.

El gato casi había llegado a la puerta cuando se oyó un terrible chirrido de frenos y, entonces, un lujoso coche de color amaranto derrapó, patinando durante un buen rato sobre la acera, y finalmente se detuvo justo a un palmo de la puerta.

–¡MIAAAUUU! –chilló Dodó, muy espantado. ¡Por poco el coche no le plancha una pata!

Las puertas del coche se abrieron con un

golpe seco y un chico con el pelo engominado bajó del vehículo. Iba vestido como un figurín, con una chaqueta larga de piel, gafas grandes y guantes de piloto, una camisa de seda blanquísima con una corbata Lavallière muy vistosa y zapatos de charol tan relucientes que brillaban como espejos.

El joven entró en la confitería sin preocuparse de aparcar bien y, sobre todo, sin dignarse a mirar al pobre Dodó, aplastado contra la pared como una rosquilla.

—Dodó, ¿estás bien? —preguntó Moonlight, al acercarse a su amigo.

—Por un momento he pensado que no lo contaba... —respondió el gato vagabundo—. ¡Ese cochazo ha estado a punto de convertirme en puré de gato!

—Es un coche muy lujoso, ciertamente —comentó Josephine—. Si no me equivoco, es un

Chevrolet deportivo, último modelo. ¡Debe de costar un ojo de la cara!

Josephine era toda una experta en automóviles porque su amalimentadora era una famosa actriz de variedades y se movía por París en lujosos coches.

Un gran escándalo, acompañado de gritos y ruido de cajas caídas, procedente de la confitería interrumpió los razonamientos de la gatita.

Un momento después, el joven dandi salió a toda prisa resoplando de mala manera.

–¡Ese viejo tiene un carácter insoportable! –murmuró, volviendo a coger aire. Cuando se rehízo, añadió–: Necesito que me suba la moral... ¡Una buena comida en Chez Gaspard es justamente lo que necesito!

Aquel pensamiento pareció que devolvía la sonrisa al chico, quien subió al coche y arrancó el motor.

El delicado hocico de Ponpon, mientras tanto, se había torcido en una mueca de disgusto.

—¡Chez Gaspard, puaj! Es uno de los restaurantes que hace la competencia a La Clef d'Or, pero, aunque se las da de local muy lujoso, en él no se come nada bien... ¡Mi amolimentador siempre lo dice!

—¡Un momento! —exclamó Moonlight, rascándose una oreja con aire pensativo—. Nosotros buscamos a alguien que ha robado un buen montón de dinero, ¿verdad? Y al llegar aquí nos tropezamos con un chico que tiene un cochazo nuevo y que quiere ir a comer a uno de los restaurantes más lujosos de París.

—Quieres decir que... —insinuó Dodó.

—¡Gatámpanos! —intervino Josephine—. Puede que tengas razón. ¡Aquel galán tiene dinero para gastar y podría ser perfectamente él quien haya cometido el robo!

Era el momento de pasar a la acción.

Los gatos detectives cogieron carrerilla y saltaron sobre el parachoques del coche unos segundos antes de que este arrancase a toda pastilla.

El parachoques era una gran barra de metal cromado que sobresalía de la carrocería más de un palmo y era lo bastante ancho y cómodo para que cupieran una decena de gatos. Nuestros amigos felinos, sin embargo, no habían viajado nunca sobre un coche tan rápido como aquel.

–¡Madre mía, cómo corre! –comentó Ponpon contento, y ya no pudo añadir nada más porque de repente una curva le hizo saltar del coche como una pelotita de pelo con rayas.

Dando medio salto, Moonlight se incorporó hacia delante y con una pata pudo atraparlo al vuelo, pero ya había perdido el equilibrio y, cuando el coche cogió otra curva muy pronunciada, también salió proyectado hacia fuera.

Moonlight y Ponpon fueron a caer de lleno en un charco, con un sonoro ¡chof!

—¡Socorro! —maullaron entonces, al sentirse arrastrados otra vez.

Dodó y Josephine, sin embargo, habían formado una cadena felina y habían podido cogerlos por la cola un segundo antes de que fuese demasiado tarde.

—¡*F*aos *f*risa! —gritó Dodó, apretando con los dientes la cola de Moonlight.

—Perdona, ¿qué dices? —preguntó Moonlight, que iba rebotando como una pelota por encima de los adoquines como si fuese un saco de boxeo.

—¡*F*aos *f*risa, no pu*efo* má*f*!

—¡Que os deis prisa, que no puede más! —tradujo Josephine, que aguantaba al Marsellés con una patita y el parachoques con la otra—. ¡¡¡Ni yo tampoco!!!

Moonlight agarró a Ponpon, se subió encima del Marsellés (dándole también un golpe con la pata en el hocico) y pudo aferrarse al parachoques. Entonces estiró una pata para ayudar a Dodó a subir.

—¡Nos hemos salvado por los pelos! —exclamó Ponpon, soltando un gran suspiro de alivio.

Por los costados del coche, París pasaba a

toda velocidad en un remolino de imágenes confusas. En cada curva, los cuatro felinos tenían que sacar las uñas y agarrarse con fuerza al parachoques para no salir disparados.

Por suerte llegaron sanos y salvos al famoso restaurante Chez Gaspard y, gracias a su astucia, enseguida encontraron un pasaje que conducía al interior. Era un local realmente lujoso, con candelabros dorados en cada rincón, estucados, cortinas rojas de brocado y camareros uniformados, rectos como cirios.

El chico engominado entró en el local con paso decidido y pidió la mejor mesa. Justo después, sin mirar el menú, pidió caviar, ostras y langosta.

—¡Una decisión excelente, señor Rolland! —manifestó el *maître* con admiración.

Los gatos se miraron patitiesos: si se llamaba Rolland, entonces aquel fanfarrón ¡tenía que ser

el hijo del amo de la confitería! ¡¿Era posible que tuviese tan poco corazón como para robar a su propio padre?!

—Es posible —aseguró Josephine—. ¿No os acordáis de que cuando ese petimetre presumido ha salido de la confitería alguien le estaba gritando desde el interior? Quizá él y su padre no se llevan bien y, como venganza, el joven Rolland decidió mangar a su padre una buena cantidad de dinero...

—Eso mismo —coincidió Moonlight—. De hecho, nuestro amigo no repara en gastos. Ostras, caviar... ¡Todo parece confirmar la hipótesis de Josephine!

Más tarde, el restaurante se llenó de clientes y la sala se animó con voces, conversaciones y ruido. Moonlight y sus amigos se deslizaron detrás de una cortina a esperar acontecimientos sin despertar sospechas.

Cuando el joven Rolland terminó su carísima comida, el *maître* se acercó a su mesa para traerle la cuenta, acercándole un platillo de plata con un papelito doblado.

El chico ni tan siquiera la miró.

—Apúntalo a mi cuenta, como siempre —se limitó a decir.

El *maître* tosió educadamente.

—Ejem, la verdad, señor Rolland... quería recordarle que su cuenta ya tiene cuatro páginas...

El joven se levantó de golpe, haciendo un bola con la servilleta de lino en un gesto completamente teatral.

—Bien, si ya tiene cuatro páginas, quizá ha llegado el momento de comenzar la quinta, ¿no? ¡Hasta muy pronto, amigo mío!

Dicho esto, salió tranquilamente del restaurante, sin tan siquiera darse la vuelta.

Cuando estaba a punto de cruzar la puerta,

echó un vistazo a un gran reloj de péndulo que había en la entrada.

—¡Vaya, qué tarde es! —exclamó, acelerando de repente el paso—. ¡Tengo que darme prisa! Si vuelvo a devolverle tarde el coche a mi amigo Alain, nunca más me lo volverá a dejar. ¡PASOOO!

Capítulo 5

Bombones de hollín

Mister Moonlight, Dodó y Josephine se miraron estupefactos.

—¡Gatáspita!

—¡Miaucachis!

—¡Gatámpanos!

Ahora les había quedado bien claro que el hijo del señor Rolland no era el misterioso ladrón. Todo lo contrario: ¡aquel sinvergüenza estaba sin blanca! Se las daba de rico, pero no tenía dinero para pagar la cuenta del restaurante, e incluso le habían dejado el coche.

—De acuerdo, entonces —suspiró Moonlight—.

Íbamos detrás de una pista falsa... Tendremos
que volver a la confitería y retomar las investigaciones desde el principio.

—¡Eso mismo! —exclamó Josephine—. Démo-
nos prisa. Pero... ¿dónde... dónde está Ponpon?

Los tres gatos se volvieron y empezaron a
mirar entre las mesitas del restaurante y debajo
de las servilletas. Nada: Ponpon no aparecía
por ninguna parte. ¿Quizá se había perdido
en medio de la moqueta? Era tan alta, suave
y peluda que...

De golpe y porrazo, las puertas de la cocina
se abrieron de par en par y de ellas salió un
cocinero con el gorro de través y empuñando
un cuchillo enorme.

—¡Eh, tú! ¡Deja el hueso ahora mismo! Quiero decir... ¡el lenguado!

Solo entonces nuestros amigos se dieron
cuenta de que el cocinero le estaba hablando

a Ponpon. El minino corría a toda velocidad
hacia la salida del restaurante y en la boca llevaba un pescado bien grande
que parecía a punto para la
sartén.

Dodó levantó el morro, secándose una lagrimita de emoción.

—Sniff sniff... ¡Solo ha pasado un día conmigo y ya se comporta como un auténtico gato callejero! ¡Ah, ya sabía yo que este pequeñín haría que me sintiese orgulloso de él!

—¡Lo que deberías sentir es vergüenza! —replicó Moonlight—. Meter al pequeño en estos líos... ¡Venga, ayudémoslo antes de que el cocinero lo haga pedacitos!

Los tres felinos salieron disparados del restaurante, persiguiendo a Ponpon y al cocinero. El gatito corría como una bala, pero el pescado que tenía entre los dientes le pesaba y, poco a poco, el cocinero iba ganándole terreno.

—¡Ponpon, el río! —le sugirió Josephine.

El restaurante Chez Gaspard estaba cerca de la ribera del Sena, que corría al otro lado de un alto parapeto de piedra. Y justo en aquel

momento un barco de vapor cruzaba el río. ¡Una escapatoria!

—¡Y nos llevará precisamente cerca de la confitería Rolland! —observó Moonlight—. Adelante, Ponpon... ¡por allí!

El pequeño saltó sobre el muro y desde allí dio un gran salto hasta aterrizar en la cubierta del barco de vapor.

Moonlight, Josephine y Dodó lo alcanzaron rápidamente, seguidos por las maldiciones del cocinero, que se había quedado en el muro.

—¡Volved aquí, bestezuelas, que recibiréis una buena lección! —chilló el hombre, enfurecido.

Sin embargo, los cuatro gatos ya degustaban el sabroso pescado en el barco que navegaba perezosamente por el Sena.

Una vez llegaron a la parada cercana a la confitería Rolland, los felinos saltaron del barco y fueron caminando hasta el local.

Esa vez, los cuatro mininos atravesaron las puertas de madera de la fábrica de caramelos y fueron a parar a la sección de ventas: un espacio enorme con un tablero de cristal lleno de bombones, chocolatinas y confites de todos los colores, alineados en elegantes cajitas envueltas en papel de seda.

Por una puertecita en la parte trasera se llegaba a la fábrica propiamente dicha, donde había unas inmensas cazuelas llenas de cremas hirviendo, pasteleros con batas blancas que decoraban bombones de praliné de todas las formas y colores, y ayudantes que cubrían los caramelos con azúcar.

–¡Allí! –exclamó Moonlight, señalando una flechita en la pared donde podía leerse OFICINAS y que señalaba hacia una escalera de hierro forjado.

Los gatos, sin embargo, tuvieron que esperar

un poco, porque justo entonces un pastelero muy corpulento comenzó a subir la escalera con una caja de papel dorado entre las manos. Parecía muy preocupado, le sudaba la frente y temblaba como un flan.

Moonlight y la banda de felinos lo siguieron, silenciosos como panteras.

El pastelero de la caja dorada pasó junto a una puerta donde destacaba una placa brillante que decía SECRETARIA y después por otra muy parecida con la inscripción CONTABILIDAD.

La última puerta al fondo de todo, en cambio, era el despacho del presidente: el señor Rolland en persona.

El pastelero se dirigía justamente hacia allí y, cuanto más cerca estaba, más nervioso parecía. Después de estar dudando durante un buen rato delante de la puerta cerrada, el hombre llamó tímidamente. Toc toc toc.

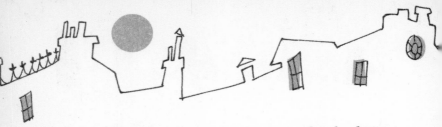

—¡Adelante! —lo animó una voz desde dentro.

El pobre pastelero entró y, en su estado de agitación, se olvidó de cerrar bien la puerta. Así, los gatos pudieron meter la cabeza y echar un vistazo al despacho del misterioso señor Rolland.

El presidente de la confitería era un hombrecillo panzón como una sandía, con unos cuantos pelos grises a los lados de la cabeza. Tenía los ojitos fieros y severos, y una vistosa

nariz de color cereza, e inspiraba un gran temor.

—¡Me lo creo perfectamente que ese pobre pastelero tenga miedo! —comentó Ponpon en voz baja.

—Tenga, señor —dijo el hombre, mientras le dejaba la caja dorada justo delante de él—. Estos son los nuevos bombones de chocolate, recién salidos del horno. Creo que son de-de-deliciosos...

El señor Rolland arrugó el ceño y deshizo el lacito que cerraba la caja. Sacó un praliné de chocolate y lo miró con aire de suficiencia. Lo olió y, finalmente, con mucho cuidado, se lo metió en la boca.

Un momento después, lo escupió y la pelota negra fue a parar precisamente a la cofia del maestro pastelero, como si fuese un botón brillante.

El hombretón palideció.

—Ejem... Es que tal-tal vez... —balbució—
¿no-no-no está bueno?

—¿Bueno? ¡¿BUENO?! —repitió el señor
Rolland, con la cara roja como un langosti-
no—. ¡Esto no es una chocolatina! ¡Es como si
hubiera probado la estufa de mi abuela! ¡Sabe
tanto a quemado que parece un bombón de
hollín! ¡Fuera de aquí inmediatamente, inútil, y
vuelve solo cuando me puedas presentar alguna
cosa comestible!

El pastelero no se lo hizo repetir dos veces:
dio media vuelta y se fue a toda prisa por el
pasillo, tan rápido como pudo.

Un momento después, los gatos vieron que
el señor Rolland se dejaba caer sobre el escritorio. Parecía que la rabia de un momento antes
hubiese dado paso a la desesperación.

—¡Qué desastre, qué desastre! —gimió
aquel hombre—. ¿Por qué la desgracia se ceba

conmigo? Primero, mi fiel contable me roba todo mi dinero de la caja fuerte. Después, la policía confía la investigación a ese zopenco de inspector que no ha sido capaz de recuperar ni un solo céntimo del botín... Y finalmente mi maestro pastelero, de golpe y porrazo, deja su trabajo. ¡Oh, pobre de mí! ¿Qué será de la ilustre confitería Rolland?

El hombre salió del despacho a zancadas y los gatos apenas tuvieron tiempo de esconderse debajo del escritorio para que no los viese.

Cruzó el pasillo hasta el despacho de su secretaria, abrió la puerta y gritó:

—¡Señorita Peyrou! Haga el favor de enviar ahora mismo un telegrama a ese desgraciado del señor Berthier. La dirección es: calle de Lille número 28. ¿Lo ha apuntado?

—Sí, señor —respondió una voz aguda—. ¿Y qué tengo que escribir en ese telegrama?

—¡Dígale que tiene que volver a trabajar con nosotros, como sea! El nuevo maestro pastelero es en realidad un *monstruo del pastiche*... ¡Y sin las recetas de Berthier, mi fábrica se irá a pique!

Capítulo 6

El pastelero, ¿con las manos en la masa?

Cuando el señor Rolland se dio la vuelta para regresar a su despacho, sus ojitos furiosos se cruzaron con los grandes, amarillos y pacíficos de nuestro Mister Moonlight.

–¡Aaah! ¡Un gato! –gritó el hombre. Entonces vio también a Dodó, a Josephine y a Ponpon, y añadió–: Quiero decir, ¡*muchos* gatos! ¿Qué estáis haciendo aquí, bestezuelas? ¿Habéis venido a comeros nuestros confites? Solo me faltaba esto... ¡Salid de aquí inmediatamente! ¡Fuera! ¡Fuera! ¡Fuera!

Los mininos no se lo pensaron ni un segundo.

Mister Moonlight agachó las orejas y arrancó a correr como un cohete por el pasillo. El señor Rolland intentó torpemente agarrarle la cola, pero el gato era mucho más ágil y se zafó entre sus piernas como una flecha negra, seguido de sus amigos.

Moonlight sonrió educada y felinamente a la secretaria Peyrou, que había asomado la cabeza desde su despacho para saber qué pasaba. Al cabo de un momento, los cuatro gatos habían cruzado toda la fábrica y la confitería, y ya estaban en la calle.

—¿Nos siguen? Arf, arf... —preguntó Ponpon, mirando detrás de él.

—¡Qué va! Buf, buf... —dijo resoplando Josephine—. Los humanos están demasiado atareados para hacernos muchos caso.

Mister Moonlight bostezó largamente y estuvo a punto de desencajarse las mandíbulas.

—¡Mejor así, uaaah! No tenía ganas de más persecuciones. Es la hora de la siesta y empiezo a tener un sueño...

Tenéis que saber que a los gatos les encanta dormitar durante buena parte del día, y la siesta de la tarde era una cita irrenunciable para Mister Moonlight.

—Pero ¡¿cómo puedes pensar ahora en dormir?! —lo riñó Josephine—. ¡Primero tenemos que encontrar la manera de ayudar al pobre señor Moustache! Y, a propósito de esto, hay algo que me hace erizar el vello...

Moonlight, Dodó y Ponpon la miraron con atención. Y, efectivamente, tenía razón: los largos y relucientes bigotes de Josephine se erizaban en el aire, como pasaba siempre que la gatita tenía una de sus intuiciones.

—¿Os acordáis de lo que ha dicho el señor Rolland a su secretaria? La fábrica de caramelos Rolland es la más famosa de París. Y aun así, el jefe de los pasteleros decide dejar su trabajo... ¡y justamente después del robo! ¿No es un poco sospechoso?

Dodó empezó a golpetear los adoquines con sus zarpas.

—Quizá fue el pastelero quien desvalijó la caja fuerte —rumió—. Y después hizo recaer todas las culpas sobre mi amigo Moustache, esperó que lo metiesen en prisión y, cuando entendió que ya no corría peligro, aprovechó para marcharse.

Los gatos se quedaron un momento en silencio, sin prestar atención a la gente que caminaba a buen paso por la acera bajo el sol de la tarde.

Dodó y Josephine tenían razón. Era muy sospechoso que el pastelero hubiese dejado su trabajo tan repentinamente, de manera que era posible que fuese el auténtico culpable del robo.

—Pero ¿cómo lo demostraremos? —preguntó el pequeño Ponpon.

Por suerte, Mister Moonlight tenía una memoria excelente:

—El señor Rolland le ha dicho a la secretaria que enviase el telegrama al número 28 de la calle de Lille. Y el pastelero se llamaba... creo que... ¡sí, «ese desgraciado del señor Berthier»!

Ponpon frunció el hocico, tal como hacía siempre que se concentraba mucho.

—¿Y cómo encontraremos la calle de Lille?

—¡Necesitaríamos un mapa de París! —contestó Josephine.

Entonces, el morro altivo de Dodó el Marsellés se abrió en una sonrisa de oreja a oreja. Porque él era un gato callejero y, como todos los animales callejeros, ¡conocía París como si fuese su propia casa!

—¡Sé cómo se llega a la calle de Lille! —comentó—. Está al otro lado del Sena, en la *rive gauche*. Tenemos que cruzar aquel puente de allí abajo y... En fin, está un poco lejos. Deberíamos encontrar a alguien que nos llevase hasta allí.

Los mininos miraron a su alrededor hasta que identificaron la bicicleta del cartero, que chirriaba en dirección al puente. El pobre hombre, cansado, resoplaba mientras pedaleaba, con los ojos medio ocultos bajo la visera de la gorra y la bici cargadísima de bolsas de cuero llenas de sobres y cartas de toda clase.

—¡Aquella bicicleta pesa tanto que el cartero no se dará cuenta si carga un poco más de peso! —dijo Moonlight.

Los cuatro gatos cogieron una buena carrerilla y saltaron encima de la bicicleta. Moonlight y Dodó se agarraron al portaequipajes trasero, mientras Josephine y Ponpon, que eran más poca cosa, se subieron a la cesta que colgaba del manillar: allí arriba había tantos sobres y papeles que el cartero ni siquiera los vio.

Al llegar a la orilla izquierda, los mininos saltaron de la bicicleta y continuaron por sus propios medios hasta la calle de Lille.

La calle estaba flanqueada por un montón de casitas encantadoras todas idénticas, con flores en los balcones y puertas de madera brillante.

La placa de latón de la puerta del número 28 decía: PAUL BERTHIER, PASTELERO.

—¡Es esta! —exclamó Moonlight, que sabía

leer perfectamente la lengua de los humanos–. Pero ahora... ¿cómo lo haremos para entrar y poder cotillear?

Los mininos todavía estaban pensando qué podían hacer cuando, de golpe, la puerta del número 28 se abrió y de ella salió un hombre resoplando.

Debía de ser Berthier en persona, porque llevaba puesto de través un gorro blanco de pastelero sobre la cabeza y porque debajo del impermeable se entreveía una bata blanca de cocinero.

Unos segundos después, una carroza se detuvo justo delante de aquella casa y Berthier subió a ella, murmurando una dirección al cochero.

No hace falta decir que Moonlight le hizo una señal a sus amigos y los gatos se subieron al eje posterior de la carroza.

Durante un buen rato, el vehículo circuló a

buena marcha por el adoquinado de París hasta que llegó a la periferia, a una zona industrial llena de fábricas y oficinas.

Berthier le dijo algo a la oreja al cochero, y este se detuvo delante de un edificio de ladrillo que parecía de reciente construcción.

En la gran plaza de delante, el ajetreo era considerable: carros tirados por caballos y modernos camiones de motor se agrupaban en la explanada, llena de una multitud de trabajadores que trajinaban por allí, peones y un arquitecto de grandes gafas, que llevaba un lápiz detrás de la oreja y un puñado de papeles bajo el brazo.

Un grupo de decoradores con cuerdas y poleas izaban encima de la puerta un gran rótulo azul con letras doradas.

NUEVA FÁBRICA BERTHIER:
CONFITES Y PRALINÉS
PARA TODOS LOS GUSTOS

—¡Gatáspita! —exclamó Dodó—. ¿Ahora lo entendéis?

—¡Ya lo creo! —contestó Josephine—. ¡El señor Berthier dejó la confitería Rolland porque decidió establecerse por su cuenta y abrir una fábrica de caramelos él solo!

—Pero para hacer eso se necesita mucho dinero... —comentó Dodó—. Y eso es realmente muuuy sospechoso... ¿no te parece, Moonlight?

Pero el gatazo negro ya no lo escuchaba: toda su atención felina estaba concentrada en un hombre alto de aire estricto, que llevaba un sombrero de copa alta y una larga americana negra. Llevaba un monóculo con el borde dorado y el señor Berthier se acercaba muy rápido a donde estaba.

—¡A mí me parece que aquel tipo oculta algo!
—sentenció Moonlight—. Seguidme y tengamos
cuidado para que no nos vean. ¡Quiero oír de
qué hablan esos dos!

Capítulo 7

Papelitos al viento

El señor Berthier estaba confabulando con su siniestro interlocutor y miraba continuamente a su alrededor, mordiéndose las uñas, nervioso. El hombre del sombrero, por el contrario, continuaba rígido, con aire glacial.

Los cuatro gatos se miraron entre sí. ¿Estaban delante de dos cómplices a punto de repartirse el botín? Decididos a descubrir la verdad, se escondieron detrás de un montón de cajas que había cerca de allí.

—Bien, entonces... —susurró el señor Berthier—. El asunto ya está... ¿arreglado?

El hombre del sombrero de copa asintió con gravedad.

—Aquel *señor* ya no le molestará más. Ahora está en el calabozo y ¡allí pasará una buena temporada!

Dodó por poco no se lanza sobre el señor Berthier con sus zarpas por delante: ¡había sido, entonces, el pastelero quien había hecho que encarcelasen al pobre señor Moustache! ¡Y el hombre del sombrero era su malvado cómplice!

Por fortuna, justo antes de que el Marsellés hiciese alguna tontería, Moonlight lo detuvo con un buen estirón de la cola. Era mejor oír todo lo que aquellos dos tenían que decirse.

—¿Y el dinero? —preguntó el señor Berthier, preocupado.

El hombre del sombrero despachó la cuestión con un gesto calmado.

–También está resuelto. Esta mañana ya le he transferido la suma a su cuenta.

Esa vez incluso Moonlight irguió el lomo de rabia. El culpable del robo en la confitería era el señor Berthier: ¡no había ni una sombra de duda!

Los cuatro detectives felinos ya estudiaban cuál debía ser su siguiente movimiento cuando...

Cualquier rastro de preocupación desapareció de golpe y porrazo del rostro del

señor Berthier, que se abandonó a un largo suspiro y sonrió.

—Ah, gracias, señor notario... ¡Muchas gracias! —Un momento. ¡¿Notario?!—. Como usted ya sabe, necesitaba urgentemente ese dinero, con la fábrica a medio construir y todos los gastos... —continuó el señor Berthier, visiblemente aliviado—. ¡Y aquel pájaro de Jean-Claude Bagarre quería impugnar el testamento y levantarme la herencia delante de mis narices! ¡Maldito sea, por su culpa hace una semana que no duermo!

El hombre del sombrero de copa sacó una carta del bolsillo y se la dio al señor Berthier con una media sonrisa:

—Al final todo ha salido bien. Justamente esta misma mañana he recibido la última confirmación. Usted, señor Berthier, es el único heredero de su tío abuelo Gaston, que le ha dejado todo su inmenso patrimonio. En cuanto

a nuestro «amigo» Jean-Claude Bagarre: ¡es un auténtico delincuente! Un estafador, que tenía varias cuentas pendientes con la justicia... ¡Entregarlo a la policía ha sido un gran placer!

Los gatos por poco no se pusieron a maullar de la sorpresa. ¡Ni culpable ni nada que se le parezca! El señor Berthier no había vaciado la caja fuerte del señor Berthier: por el contrario, había recibido una considerable herencia. ¡Y el preso del que hablaba el hombre del sombrero no era el señor Moustache, sino un impostor que se había hecho pasar por un pariente del difunto Gaston!

En definitiva, una vez más era necesario reiniciar las investigaciones desde el principio.

Josephine tenía los bigotes mustios de la decepción.

—No tenemos alternativa —maulló—. Debemos volver otra vez a la confitería Rolland.

–Por fuerza –convino Moonlight, que no tenía ninguna intención de rendirse–. De hecho, si lo pensáis, todavía no hemos examinado el escenario del delito: el despacho con la caja fuerte... ¡Y puede que la clave del misterio se encuentre allí!

Sin embargo, cuando regresaron a la confitería, los gatos se dieron cuenta de que era muy tarde.

El sol se había sumergido en las plácidas aguas del Sena, y los faroles se habían encendido uno detrás de otro como pequeñas estrellas de ciudad.

–¡Gatámpanos! –refunfuñó Dodó, observando la entrada de la confitería–. Mirad: la puerta está cerrada, las persianas metálicas bajadas... ¡Tendremos que esperar hasta mañana!

–Un momento – intervino Josephine, abriendo del todo sus ojazos–. ¡Mirad!

Aunque la puerta principal de la fábrica ya estaba cerrada, la de los almacenes se abría en esos momento con un crujido: un camión se preparaba para salir con los últimos pedidos del día.

—¡Buenas noches, François! —gritó el chófer, agitando una mano por la ventanilla.

—¡Hasta mañana, Lucien! —contestó un hombre con uniforme de vigilante nocturno, preparándose para cerrar la puerta del almacén.

El vigilante se quedó mirando un momento el camión que desaparecía al fondo de la calle y no se dio cuenta de que cuatro astutos felinos se escurrían por la puerta, corriendo entre sombras.

En la confitería reinaba entonces la oscuridad. El olor de los caramelos era persistente como una niebla dulzona y la maquinaria de la fábrica, en la penumbra, se imponía sobre

los mininos como enormes estatuas amena-
zadoras.

–Qué lugar... –susurró Ponpon–. ¿No tenéis
escalofríos?

–¿Escalofríos? A mí si acaso me abre el
apetito –replicó Dodó, con la tranquilidad
del gato callejero que las ha visto de todos los
colores–. Quién sabe si entre los confites que
fabrican aquí hay alguno con sabor a atún. ¡A
mí me encantan los confites de atún!

–En vez de maullar sin sentido, ¡mueve las
patas, Dodó! –lo instigó Moonlight.

Como ya habían hecho por la tarde, los
gatos subieron hasta el segundo piso. Pero esa
vez se pusieron de inmediato a inspeccionar las
oficinas, comenzando por la del señor Rolland.

El despacho del propietario de la confitería
estaba limpio como una patena. En una pared
se veía la caja fuerte: un modelo muy macizo,

con un gran pomo de latón en medio de la puertecita.

—Si alguien ha abierto esta mole, debía de saber la combinación —afirmó Dodó, palpando la caja fuerte con aire de experto ratero—. No la han forzado. Vaya, ¡la verdad es que no tiene ni un solo arañazo!

Los gatos detectives inspeccionaron el segundo despacho, que había pertenecido al señor Moustache. También estaba muy ordenado: había un gran archivador lleno de carpetas y un escritorio presidido por una foto del señor Moustache cuando todavía no se había visto obligado a llevar el uniforme de preso.

Finalmente, los gatos entraron en el tercer y último despacho: el de la secretaria, la señorita Peyrou.

Allí, el ambiente era completamente diferente: reinaba el desorden y, entre hojas dispersas por todas partes, había pilas inestables de papeles en los estantes, papeleras llenas de papelitos...

En medio del escritorio había un extraño artefacto de aspecto misterioso: fabricado completamente en metal, tenía un montón de botones en la parte delantera y, encima de cada uno de ellos, una letra diferente. En lo

alto sobresalía una hoja de papel blanco e inmaculado.

—¡Venga ya! —explicó Ponpon, observando el artefacto con los ojos abiertos como platos—. ¡¿Qué es esta cosa?!

—Es una máquina de escribir —explicó Josephine, que lo sabía porque su amolimentadora tenía una en su casa.

La siamesa saltó sobre la repisa del escritorio y, con cuidado, posó una pata en una de las teclas.

De la máquina de escribir se levantó una palanquita, parecida a un gracioso dedo mecánico, que fue a golpear sobre la hoja blanca, donde imprimió una letra de tinta: *f*.

—¡Gatámpanos, esto parece magia! —exclamó Ponpon, fascinado.

—Dejemos los artefactos a un lado: no hemos venido aquí a jugar, sino a buscar pistas

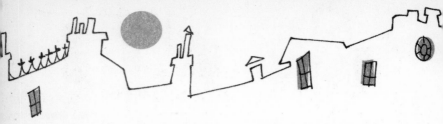

–intervino Moonlight–. ¡Y con este desbarajuste tendremos para un buen rato!

Dodó, Moonlight y Josephine empezaron a registrarlo todo. La habitación estaba a oscuras, pero ellos, como todos los gatos, veían muy bien incluso en la mayor de las negruras.

Ponpon, en cambio, continuaba mirando fascinado la máquina de escribir, demasiado curioso para dejarla en paz. En un momento determinado, el cachorro levantó una patita y apretó tímidamente una tecla: la máquina escribió *b*. El minino repitió la operación con otra tecla y salió una bonita *a*. ¡Era realmente increíble!

Ponpon le cogió el gustillo y empezó a mover las patas arriba y abajo, apretando las teclas al azar. Cuando la retahíla de letras llegó al final de la línea, la máquina de escribir emitió un sonoro ¡ding!

Ponpon se sobresaltó espantado, voló encima

de un tampón para tinta, se agarró a él y, rodando, cayó y fue a parar directamente a la papelera.

—¡¿Qué has hecho ahora, pequeño demonio?! —lo riñó Dodó—. ¡Estamos aquí para investigar, no para jugar!

—Perdonad.... —murmuró Ponpon, avergonzado. Y, dando un salto, salió de la papelera.

Al hacerlo, la tumbó sin querer y esparció todos los papelitos sobre la alfombra del despacho.

Moonlight resopló enfadado, pero entonces algo llamó la atención de sus ojos felinos. En concreto, una de las hojas que habían caído de la papelera.

—Un momento... —dijo, deteniéndose en el trocito de papel.

Lo agarró y lo desplegó bien con las patas en el mismo suelo.

La hoja tenía una gran mancha gris. Y en el centro, en blanco, destacaban doce números.

–¡Espera un momento! –intervino Josephine–. ¡Esto parece el viejo truco del grafito!

Ponpon, Dodó y Moonlight la miraron con ojos de interrogación.

Capítulo 8

Un telefonazo nocturno

La astuta siamesa examinó atentamente la hoja con la mancha gris.

—Sí, no me equivoco —sentenció—. Es el truco del grafito, seguro.

—Ejem, ¿miau? —susurró Moonlight—. ¿Te importaría explicárnoslo también a nosotros?

Josephine rio por lo bajo, con aire astuto.

—Mi amalimentadora, Marie, es muy celosa. Y de vez en cuando usa este truco para descubrir si alguno de sus novios ha escrito mensajes de amor a alguna otra... Funciona así: un humano escribe algo en una libreta. Por

ejemplo, la dirección donde quiere quedar con su amado. Después arranca la hoja y se la mete en el bolsillo.

—Hasta aquí llego… —comentó Dodó, que ya empezaba a aburrirse.

—Pero si aprietas con el lápiz o la pluma sobre la hoja quedan los restos en las páginas del cuaderno que hay debajo de la que se ha arrancado. Así, solo hace falta que otro humano pase ligeramente el grafito de un lápiz sobre la hoja superior del bloc y… *voilà!* Como por arte de magia aparece el mensaje que estaba escrito en la hoja anterior.

Moonlight se iluminó:

—¡Claro! ¡El grafito oscurece la hoja y los surcos que deja la pluma de quien lo ha escrito acaban resaltando! ¡Como en la hoja que tienes entre las patas!

—Exacto —respondió Josephine.

Dodó alargó una zarpa y comenzó a observar atentamente el papelito.

—Huele a grafito —comentó, olisqueándolo—. Y eso solo quiere decir una cosa: alguien ha escrito doce números sobre un bloc de notas... ¡Y alguien quería descubrir secretamente cuáles eran! ¡Un espía!

—¡Marramiau, tienes razón! —exclamó Ponpon—. Pero... ¿qué quieren decir estos números?

—Quizá es el número de caramelos que la fábrica produce cada día —sugirió Dodó.

—O bien es el sueldo de aquel antipático señor Rolland —propuso Josephine.

Los ojos de Moonlight brillaron en la oscuridad.

—En cambio, yo creo que las cosas han sido de otra manera —dijo—. Dodó, ¿me equivoco si antes me has dicho que el señor Moustache

había recibido la combinación directamente del señor Rolland?

—¡No, es exactamente tal como dices! —confirmó el Marsellés—. El señor Rolland la había escrito en un papelito y le había rogado que...

–El Marsellés se interrumpió de golpe y abrió desmesuradamente los ojos al darse cuenta de la gran importancia que tenían sus palabras–. ¡Escrito en un papelito! –repitió, meneando los bigotes en la penumbra.

Mister Moonlight sonrió, con sus ojos felinos echando chispas.

–Una combinación está hecha de números. Muchos números. ¡Tantos como los que hay apuntados aquí! Ahora os explico lo que pasó: el señor Rolland escribió la combinación en un papel y se lo dio al señor Moustache, que lo guardó en un lugar seguro porque es una buena persona, honesta y diligente. Pero alguien utilizó el truco del grafito para descubrir la combinación... ¡Y lo aprovechó para vaciar la caja fuerte y echarle las culpas al pobre señor Moustache!

Solo quedaba pendiente una última cuestión.

Y fue Josephine quien la planteó con un susurro:

—De acuerdo, pero entonces... ¿quién es el culpable? ¿Quién es la misteriosa persona que ha engañado al pobre señor Moustache?

Nadie tuvo tiempo de responder, porque un ruido repentino de pasos rasgó el silencio. Pasos humanos.

¿De quién podía tratarse? ¡Hacía ya rato que las oficinas estaban cerradas!

No podían perder ni un segundo. Ponpon dio un salto y se metió en otra papelera, cerca del escritorio.

Dodó, que era flaco como un palillo, se metió debajo de una gran cajonera de madera que ocupaba un trozo de pared.

Josephine, que, fuera como fuese, conservaba siempre cierto estilo, fue hasta el colgador y se envolvió entre los suaves pliegues de un abrigo

que algún empleado distraído se había dejado colgado allí.

Y Mister Moonlight... Bien, él era un gato grande en todos los sentidos: ¡no le resultaba fácil encontrar un lugar donde esconderse!

Después de inspeccionar rápidamente la habitación, el gato se dio cuenta de que solo tenía una posibilidad. Con una patita abrió un cajón del gran escritorio y metió el hocico dentro. Con los dientes y las zarpas lo vació de los papeles que se amontonaban allí, deseando que pasasen desapercibidos en medio del desorden del despacho, y se metió dentro del cajón.

Y allí se quedó, esperando, con los ojos brillantes como monedas de oro que apenas salían de la rendija que dejaba el cajón entreabierto.

Mientras tanto, los pasos sonaban cada vez más cerca.

Entonces una figura regordeta y no dema-

siado alta se perfiló en el marco de la puerta y alargó una mano para tocar la pared y encontrar el interruptor de la luz.

Moonlight miró por el cajón entreabierto y la reconoció enseguida: era sin duda la señorita Peyrou... ¡la secretaria del señor Rolland!

El minino estaba completamente convencido de ello, porque había visto bien el rostro redondito de la mujer sacando la cabeza por su despacho cuando el señor Rolland había descubierto la presencia de los gatos y había comenzado a perseguirlos por el pasillo.

¿Qué hacía la secretaria en la confitería a aquellas horas de la noche? ¿Y por qué se movía con tanta cautela, como si tuviese miedo de que la descubriesen?

Finalmente la mujer encontró el interruptor y una luz amarillenta iluminó la oficina.

La señorita Peyrou se quitó el impermeable,

lo dejó caer sobre el colgador y fue a sentarse en el escritorio. ¡A menos de un palmo de Mister Moonlight!

La secretaria recogió las hojas que el gato había desparramado por el suelo, las dejó distraídamente en un estante y... y después las dejó caer de nuevo.

—¡Venga, a freír espárragos todo este papeleo! ¡Dentro de poco ya ni me acordaré de que existe!

Al decir aquellas palabras, la señorita Peyrou echó un vistazo nervioso a su reloj de pulsera.

—Y este... —estalló, impaciente—. ¡¿A qué espera para llamar?!

Moonlight no entendía nada: ¿quién era el que tenía que llamar? Allí dentro solo estaban la secretaria y cuatro gatos escondidos en los sitios más impensables.

La mujer, mientras tanto, se había levantado

de la silla y se había puesto a caminar nervio-
samente arriba y abajo por la habitación. Al
final se acercó a una extraña caja negra que
colgaba de la pared.

Moonlight reconoció enseguida aquel extraño aparato: ¡claro que sí, era un teléfono! ¡El
enésimo invento de los humanos, con el cual
podían hablar entre ellos a grandes distancias!

De repente, el teléfono emitió un sonido
agudo y molesto. La señorita Peyrou se apresuró
a levantar el auricular y se lo apretó contra la
oreja:

–Dígame, ¿centralita? –preguntó–. ¿Una
llamada de Le Havre? Sí, pásemela, gracias.
¡No, no cuelgo!

La mujer se quedó quieta unos momentos,
esperando.

Entonces su rostro se iluminó con una sonrisa.

—¡André! ¡¡¡Finalmente!!! André, querido, ¿cómo va todo? ¡Estaba muy preocupada!

La señorita Peyrou se volvió apoyando la espalda contra la pared y se abandonó en un suspiro ensoñado de enamorada.

—Sí, sí, querido —continuó—. ¡En pocos días estaré a tu lado! Aquí la situación ahora está tranquila y nadie sospecha nada. ¡Todo ha ido muy muy bien!

Mister Moonlight abrió un poco más el cajón para oír mejor. Y se cruzó con la mirada atenta de Dodó desde debajo del mueble. Y justo después con la de Josephine, que miraba de reojo la escena desde el colgador.

Los gatos intercambiaron un ligero signo de comprensión. Acababan de descubrir quién era la culpable.

Capítulo 9

Cuatro gatos y una carta

La señorita Peyrou estalló en carcajadas. Una risa estridente, como el ruido de una aguja de gramófono rayando un disco.

—¡No te preocupes! Te digo que todo ha ido bien. Nadie sospecha que yo tengo una copia de las llaves para entrar en la oficina de noche... Y con la combinación, ¡abrir esa caja fuerte ha sido pan comido!

Dodó vio la papelera al lado del escritorio dando saltitos de emoción: Ponpon también lo había entendido todo. ¡La culpable era justamente la secretaria!

Mientras tanto, aquella mujer continuaba hablando por teléfono sin darse cuenta de nada.

—¿Sospechosos, dices? ¡Qué va! Con el señor Rolland fuera de la ciudad, la única persona que podía conocer la combinación era ese tonto de Moustache. Por eso la policía ha sospechado de él rápidamente... ¿Y quieres saber lo mejor? Pocos días antes de que el señor Rolland se fuese, Moustache le había pedido un aumento de sueldo, y ese tacaño le había contestado que se lo pensaría. ¿No lo entiendes? ¡El inspector Rampier, que llevaba las investigaciones, pensó que el señor Moustache había cometido el robo para vengarse! ¡En fin, ese viejo carcamal se ha hecho un buen lío! —La secretaria rio con sorna y añadió—: Sí, eso mismo. Me he quedado aquí mientras ha durado el procedimiento sumario, pero ahora nuestro querido Moustache ya duerme entre barrotes y el caso está

cerrado. ¡Le han caído veinte años de cárcel!

Dodó enseñó los dientes de rabia. ¡Aquella mujer era una desalmada si era capaz de reírse de las desgracias del pobre Moustache!

—Sí, sí, el dinero estará bien protegido —continuó la señorita Peyrou—. He cosido un práctico doble fondo en aquella vieja caja donde guardo los sombreros... la roja, ¿te acuerdas? Nadie sospechará de nada... ¡Lo he conseguido, André! —La secretaria sonrió y bajó la voz, acercándose el auricular a la boca—. Mañana por la mañana anunciaré al señor Rolland que dejo el trabajo. Le diré que tengo una vieja tía que está enferma y que debo hacerme cargo de ella o algo por el estilo... Y al mediodía me iré desde la Gare du Nord. Ya tengo el billete. Una mujer, su maleta... y una caja para sombreros. ¡Oh, pronto podremos estar juntos para siempre, amor mío! ¡Viajaremos por todo el mundo,

dormiremos en hoteles de lujo, comeremos en los restaurantes más exclusivos y nada nos podrá separar nunca!

«¡Unos buenos barrotes de hierro será lo que os separará!», pensó Mister Moonlight. Porque ya no había ninguna duda de que hacía falta encontrar la manera de entregar a la señorita Peyrou a la justicia.

El único problema era cómo.

La llamada de la secretaria, malvada y a la vez remilgada, continuó un rato más y se acabó en medio de un montón de sonoros besos.

Al final, la señorita Peyrou se dirigió hacia el colgador, pero de repente se quedó quieta en medio del despacho.

—¿Qué es... esto?

Mister Moonlight aguantó la respiración. La secretaria se agachó y recogió un papelito.

—¡Oh, Dios mío! —exclamó la mujer—. ¡Soy

un desastre! ¿Qué hace aquí la nota con la combinación? Mejor que me deshaga enseguida de ella... ¡Nunca se es lo bastante prudente!

La mujer abrió la bolsa de mano, sacó una caja de cerillas y encendió una. Acercó la llama al papel con la combinación y lo sujetó entre sus dedos hasta que se convirtió en cenizas, que después pisó con el talón del zapato.

—¡Que lo limpie el señor Rolland, si quiere!
—refunfuñó ella, cogiendo el abrigo y apagando el interruptor de la luz.

Moonlight se quedó inmóvil hasta que oyó que los pasos se alejaban escaleras abajo. Entonces dejó su escondite en el cajón y murmuró:

—¡Pssst, gente! ¡Tenemos el campo libre!

Uno detrás de otro, Dodó, Josephine y Ponpon sacaron la cabeza de sus escondites... ¡Y empezaron a maullar todos a la vez!

—¡¿Lo habéis visto?!

—¡Esa sinvergüenza ha quemado el papel con la combinación!

—¡Ahora nos hemos quedado sin ninguna prueba!

—Qué mala suerte...

—¡¿Y ahora qué hacemos?!

Mister Moonlight, sin embargo, ya tenía una solución.

—Esperad... —murmuró.

Entonces, como los otros continuaban discutiendo, sacó las zarpas y maulló a pleno pulmón:

—Marramiau, ¡¡¡SILENCIO!!!

El resto calló de inmediato.

—Oh —dijo Moonlight—. Dejadme hablar. ¡Todavía no está todo perdido! Ahora ya sabemos dónde está el botín, ¿no?

Dodó se rascó el hocico.

—Sí, efectivamente —admitió—. En el doble fondo de una caja roja para sombreros.

—¡Y también sabemos dónde estará mañana la señorita Peyrou!

—En la estación de tren —maulló Josephine—. ¡La Gare du Nord!

Moonlight rio por debajo de los bigotes:

—Exacto. Entonces, para exculpar al señor Moustache, solo debemos llevar al inspector

Rampier al lugar de los hechos, convencerlo para que registre a nuestra pérfida secretaria... *et voilà!* La policía encontrará al auténtico culpable y dejará libre a nuestro amigo, aún en prisión.

—Sí, ya lo entiendo —refunfuñó Dodó—. Pero ¿cómo llevaremos al inspector Rampier hasta

la estación? ¿Y cómo lograremos que mire en el interior de la caja de sombreros?

Moonlight levantó una pata y señaló la máquina de escribir del escritorio.

—Muy fácil —explicó—. Utilizaremos la máquina que tanto le gusta a nuestro pequeño Ponpon. Josephine sabe usarla, ¿verdad? Bastará con que trabajemos en equipo.

Era una idea brillante y todos los gatos maullaron satisfechos. Saltaron sobre el escritorio uno detrás de otro y rodearon la misteriosa máquina de escribir.

La hoja ya estaba en su sitio y, en la primera línea, ya había muchas letras al azar fruto de los experimentos de Ponpon. Concretamente:

Fbatresop kreopy rtrtóejjó ijpajpoter

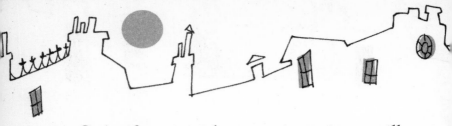

Como frase inicial no era ninguna maravilla, pero los gatos decidieron que aquella hoja ya les iba bien: ¡no sabían cómo meter otra!

—Usar la máquina de escribir es un arte difícil y complicado —maulló Josephine para empezar—. Se necesita paciencia, habilidad y...

—Pues la verdad es que yo solo he tenido que pulsar las teclas —replicó Ponpon, que a fin de cuentas ya había escrito una línea entera.

—¡Pero hay que pulsar el espacio después de cada palabra! —explicó Josephine—. Y cuando se llega al final de una línea suena un timbre y entonces hay que estirar la palanquita que hay al lado, mover hacia atrás el carro...

—¿Así? —preguntó Dodó.

El Marsellés cogió la palanca del carro con la boca e intentó que volviera hacia atrás... pero de repente saltó el muelle, que le golpeó con fuerza en el hocico. ¡Plaf!

—¡Gatáspita, Josephine! —exclamó el gato callejero—. Tenías razón, ¡esta máquina de escribir es muy peligrosa!

Con mucho cuidado, los mininos se pusieron manos a la obra. Y, entre correcciones y algún que otro disparate por culpa del cruce frenético de patas en las teclas, el mensaje que salió fue el siguiente:

~~Fbatresop kreopy rtrtóejjó ijpájpoter~~

Inspetor Rampier (cualquier otro también va bien)
si quieres atrapar al cul-pable del riobo de la confitería Rolland
acude
mañana
a las 12
Gare du Nord

la secretaria a ¡escondido! el dinero en la caja sombreros
roja. Doble fondo.
No es ninguna bruma. No traigas a ese baboso de
Cauchemar.

Firmado: un amifo

—Muy bien —exclamó Moonlight, satisfecho—. Ahora no podemos perder tiempo... Deprisa, ¡todos a comisaría!

Capítulo 10

Un paseo por la ribera del Sena

La Gare du Nord era una de las estaciones más grandes de París: tenía la entrada tan imponente como la de un templo griego, con un montón de columnas, el tejado inclinado y un reloj enorme que marcaba la hora para recordar a los viajeros que, si no querían perder el tren, tenían que darse prisa.

Además, el interior de la estación era aún más espectacular: tenía el techo de cristal y hierro, que lo cubría todo como una inmensa seta transparente. Y había locomotoras en las vías que soltaban nubes de vapor, mozos que

transportaban equipajes, señores con maleta y damas con sus baúles, puestos de bocadillos y...

—¡Bocadillos! —saltó Dodó—. ¡Quiero uno!

—Para el carro —lo frenó Moonlight—. Son casi las doce: la señorita Peyrou pronto estará aquí.

—Tiene razón —dijo Josephine, y justo después se tapó la boca con la patita para ocultar un gran bostezo.

Cerca de ella, el pequeño Ponpon se había dormido, aovillado como un diminuto roscón.

La verdad es que había sido una noche complicada para los gatos. Habían tenido que desenmascarar a una secretaria, escribir una carta, correr hasta la comisaría de la otra punta de la ciudad, dejar la carta encima del escritorio del inspector Rampier y huir. ¡Vaya palizón!

Fue entonces cuando Josephine reconoció a alguien entre el gentío: ¡era ella, la señorita

Peyrou! Caminaba a buen paso hacia el andén 17, donde el tren hacia Le Havre resoplaba como un caballo impaciente que esperara el momento de partir.

La mujer llevaba una gorra y un ligero abrigo. Con una mano sostenía una gruesa maleta que parecía completamente nueva y en la otra llevaba una caja roja de aspecto envejecido. ¿Quién podía sospechar que allí dentro hubiera un buen montón de dinero?

—¡Gatámpanos, mírala! —exclamó Josephine—. ¿Y dónde está el inspector Rampier? Si la secretaria sube a aquel tren, ¡se escapará y se saldrá con la suya!

—¡De ninguna manera! —replicó Dodó, decidido.

Y se lanzó disparado hacia la mujer, seguido justo después por Josephine y Moonlight. Un segundo más tarde, Ponpon se despertó

sobresaltado y se unió al grupo corriendo como un cachorro de tigre en la selva.

La señorita Peyrou se había parado enfrente del primer vagón para hablar con el revisor, que llevaba un gorro de ferroviario y un silbato refulgente.

—¡Al ataque, mis valientes! —los animó Dodó.

—¡MIAU! —respondieron al unísono Mister Moonlight, Josephine y Ponpon.

Poco después se organizó un guirigay de mil demonios. El gato vagabundo saltó y cayó sobre la espalda de la señorita Peyrou, que chilló como una loca, y con las zarpas le arrancó el abrigo.

Moonlight le mordió la mano y, gracias a eso, la maleta cayó al suelo, mientras Josephine se lanzaba sobre la caja de sombreros. Ponpon, sin saber qué hacer, cogió el silbato del revisor y sopló hasta que salió un buen «fiii» agudo y estridente.

Un momento después, todos los pasajeros de la Gare du Nord se habían acercado hasta allí, con la boca abierta y los ojos como platos. Hasta que Josephine consiguió arrancar el doble fondo de la caja y una lluvia de billetes se

dispersó por los alrededores como una próspera nevada.

—Pero ¿qué demonios…? —gruñó el revisor, quitándose de encima a Ponpon—. ¡¿Qué sucede aquí?! ¡¿De dónde sale tanto dinero?! ¡Policía! ¡¡Policía!!

—¡ESTOY AQUÍ!

Quien había hablado era el inspector Rampier, que para variar había llegado tarde. Había traído con él a su insoportable ladroso Cauchemar, de manera que Moonlight y toda la banda decidieron que había llegado el momento de largarse.

Justo antes de esfumarse, sin embargo, tuvieron tiempo de oír que Rampier gritaba a la secretaria:

—¡Señorita Peyrou, está usted arrestada!

Unos días más tarde, Mister Moonlight disfrutaba de la puesta de sol desde el alféizar de la ventana de su casa, mientras Luc Raté, su asistente, le frotaba el suave pelaje con un cepillito.

–Hecho, señor –anunció Luc Raté–. Ahora tiene el pelo reluciente como nunca... ¡Esta noche causará muy buena impresión!

–Gracias, amigo mío –murmuró Moonlight, estirando las patas delanteras y desperezándose–. Cómete mi cena y no me esperes levantado. ¡Quizá llegaré tarde!

El ratón asintió contento y añadió atemorizado:

–No vendrá a buscarlo ese gatazo, ¿verdad?... Quiero decir aquel amigo suyo con acento marsellés.

Moonlight maulló una carcajada:

–No, voy solo. De todas maneras, no debes

tener miedo de Dodó, querido Raté. El otro día solo estaba bromeando: en realidad no quería comerte.

Luc Raté parpadeó dubitativo, mientras Moonlight abría con la cabeza el batiente de la ventana y se escurría por los tejados de París.

Los otros ya lo estaban esperando en el refugio secreto. Y todos iban elegantísimos. Josephine lucía su collar más elegante, plagado de piedras brillantes, y Ponpon se había peinado hacia atrás su maraña de pelos siempre rebeldes. Incluso Dodó no parecía tan dejado como de costumbre: debía de haberse escapado hasta alguna perfumería, porque desprendía a su alrededor una delicada fragancia de lirio en flor.

Quizá en otras circunstancias Moonlight se hubiera puesto a reír con sorna y le habría tomado un poco el pelo... pero aquella noche no. En cambio, preguntó:

—¿Qué?, ¿inicias tú la marcha, Dodó?

El Marsellés sonrió y salió corriendo, seguido por todos los demás. Los gatos encontraron un lugar en un tranvía, cubrieron otro breve trayecto agarrados a un taxi y así llegaron al barrio de Montparnasse, donde estaba la parisina cárcel de la Santé.

Pero los gatos no estaban allí en busca de algo que echarse a la panza. No: ¡esa vez su tarea era mucho más importante!

Dodó, Ponpon, Mister Moonlight y Josephine se situaron justo delante del gran portal metálico de la cárcel, esperando. Comenzaba a oscurecer y las ventanas de las casas se encendían como si fuesen pequeñas estrellas.

—Pero ¡¿por qué tardan tanto?! —maulló Ponpon, impaciente.

—Seguro que no falta mucho —respondió Moonlight con una sonrisa—. Ya verás como...

Justo en aquel momento, un ruido de hierros, como de una gran llave que gira en una vieja cerradura, rompió el silencio, se oyó un chirrido y la puerta de la cárcel se movió lo mínimo indispensable para abrir un minúsculo resquicio.

Los gatos contuvieron la respiración, mientras dos figuritas cruzaban la puerta a paso lento.

La primera era la del envarado inspector Rampier, con su nariz y su bigotazo. La segunda, algo encorvada e incrédula, era la... del señor Moustache.

–Finalmente –balbució Rampier–. Bien, señor Moustache, acepte otra vez mis disculpas y las de la policía... Créame, yo siempre he sabido que usted era inocente... Ha sido un desafortunado malentendido... Pero, por suerte, ¡ahora es un hombre libre! Espero que

no quiera..., en fin..., quejarse a mis superiores por este insignificante error judicial... Todo está bien si acaba bien, ¿verdad?

El inspector continuó así durante un buen rato, pero el señor Moustache ya no lo escuchaba. Se había quedado en la frase más importante: «¡Ahora es un hombre libre!». Solo quería volver a casa.

El señor Moustache y el inspector se estrecharon la mano y, justo después, las puertas de la cárcel volvieron a cerrarse con un siniestro chirrido.

El viejecito cruzó la calle, respiró profundamente, abrió los brazos... Y dio una vuelta sobre sí mismo, riendo.

—¡Libre! —exclamó—. Libre, libre, ¡¡¡*libre*!!!

Solo entonces se dio cuenta de la presencia de los gatos, que lo observaban detrás de una farola. El señor Moustache se agachó y Dodó

y el resto se le acercaron y se frotaron en sus piernas para hacerle carantoñas.

—¡Qué alegría volver a verte! —exclamó Moustache, acariciando al Marsellés—. Veo que has traído contigo a unos amigos, ¿verdad? Estoy muy contento porque me parece que me diste buena suerte... Poco días después de verte, me dijeron que habían detenido a la auténtica autora del robo a la confitería, por eso me han liberado, ¡je je je! —El gato ronroneó y Moustache le guiñó el ojo—. La otra vez te aconsejé que fueses a pasear por la ribera del Sena. Desde entonces pienso en ello... ¿Qué os parece si me acompañáis, amigos míos? ¡Conozco una paradita que prepara unos arenques realmente excepcionales!

Dodó maulló entusiasmado y se fue hacia el paseo que bordeaba el Sena, dejando tras él un rastro de fragancia.

Un momento después, el señor Moustache lo siguió, y se fue con la cabeza alta disfrutando del fresco del anochecer, del viento que soplaba entre las hojas, de las estrellas del cielo... Y de la compañía de sus amigos felinos, que caminaban a su lado, orgullosos y elegantes.

ÍNDICE

LOS AUTORES

Alessandro Gatti nació en Alessandria en 1975, pero ha vivido buena parte de su vida en un pueblecito de Monferrato llamado Calamandrana.

Davide Morosinotto nació en Camposampiero en 1980, pero ha vivido gran parte de su vida en un pueblecito del Véneto llamado Este.

Se conocieron por casualidad y se hicieron amigos. Algo que no resulta extraño, porque a ambos les encanta inventar historias e ir a restaurantes.

Sobre todo en Nueva York. Como podéis imaginaros, también son muy amigos de los gatos: Alessandro porque... Va, intentad imaginarlo, y Davide porque en el pasado trabajó como canguro de gatos.

Alessandro Gatti

Aparte de eso, Alessandro pasa sus días en Turín, inmerso en arduas meditaciones filosóficas que acaban en profundas siestas.

Davide, en cambio, vive en Bolonia y se pasa el día leyendo y jugando a videojuegos... Pero dice que lo hace por trabajo.

Davide Morosinotto

Este es el primer libro infantil que escriben juntos, pero por separado ya han publicado muchos.

Para el Battello a Vapore, Alessandro Gatti ha firmado las series *I Gialli di Vicolo Voltaire* y *Will Moogley. Agenzia Fantasmi*, escrita a cuatro manos con Pierdomenico Baccalario.

Davide Morosinotto debutó ganando el Mondadori Junior Award con la novela *La corsa della bilancia*, y para el Battello a Vapore es autor de la serie *Las Repúblicas Aeronáuticas*, además de coautor de la novela *Maydala Express*.

EL ILUSTRADOR

Stefano Turconi

Stefano Turconi, nacido en 1974, estudió en la Academia de Bellas Artes de Brera, después de acabar el Bachillerato de Arte de Busto Arsizio, y siguió el curso de ilustración y cómic en la Escuela Superior de Artes Aplicadas del Castello Sforzesco y el curso de cómic en la Academia Disney de Milán.

Desde 1997 colabora como dibujante de cómics freelance con Walt Disney Italia creando historias para *Topolino*, *Giovani Marmotte*, *PK*, *MM*, *X-Mickey*, *W.I.T.C.H.*, *Minni* y varias revistas más.

Entre 2000 y 2006 enseñó ilustración en la Escuela del Castello Sforzesco, y cómic en la Academia Disney.

Desde 2007 se encuentra en los quioscos el curso de cómic *Disegnare, scrivere, raccontare il fumetto*, del cual es autor junto con el guionista Alessandro Sisti.

Desde 2005 colabora con muchas editoriales, entre ellas Piemme, EL, De Agostini y Terre di Mezzo.

¿Quién ha secuestrado al rey de la cocina?

Noticia bomba en París: ¡el gran cocinero Pierre Pâté ha desaparecido! La policía está desorientada, pero los gatos detectives están dispuestos a resolver el caso. Con habilidad, astucia y ¡una intuición felina!

Un ladrón muy felino

¿Quién ha robado los preciosos pendientes de la actriz Marie La Belle? Según la policía se trata de un ladrón fantasma, pero los gatos detectives descubren una pista muy diferente y para nada humana...

¿Quién ha robado el gato de oro?

Una valiosa estatua ha desaparecido de un palacio. Los gatos detectives investigan, pero el mayordomo oculta algo, la criada huye... ¡En este caso hay algo muy extraño!

¿Quién ha engañado a Jean Moustache?

¡Jean Moustache, el simpático anciano que trabaja en la fábrica de caramelos, ha sido encarcelado, acusado de robo! Los gatos detectives ven que hay algo extraño, y se ponen en marcha para salvar a su amigo.